Besuchen Sie uns im Internet:

**Dr. Thomas Schleiff,**
Jg. 1950, ist Schleswig-Holsteiner. Er war Pastor in Heide, lebt heute in Meldorf – und hat erfolgreich mehrere Bücher mit humoristischen Versen veröffentlicht, u.a.:

*Der Vogel mit dem Doktorhut*

*Vergnügt-besinnliche Tiergedichte*

*Illustriert von Gretje Witt*

ISBN 978-3-7984-0799-2

Vierte, komplett überarbeitete Auflage 2016
Umschlaggestaltung: Florian Huber, Thalhausen
Lektorat und Layout: Johannes Keussen, Hannover

© J. F. Steinkopf Verlag, Kiel 2016
Alle Rechte vorbehalten
Printed in Germany

Thomas Schleiff

# Ein Uhrmacher im Himmel

Himmlische Berufsaussichten

Illustriert von Florian Huber

J. F. Steinkopf Verlag

# Vorwort

Der große Theologe Karl Barth hat einmal im Scherz gesagt: Wenn er dereinst im Himmel sei, wolle er sich dort die ersten gut zweihundert Jahre zunächst einmal gründlich mit seinem geistesgeschichtlichen Gegenspieler Friedrich Schleiermacher unterhalten.

Aus dieser Bemerkung von Karl Barth spricht eine heitere Zuversicht im Hinblick auf die Ewigkeit, verbunden mit einer guten Portion Selbstironie bezüglich unseres irdischen Vorstellungsvermögens. In diesem Sinne hat man vom Himmel immer schon gerne in humoristischer Weise gesprochen: wahrlich nicht, um sich über ihn lustig zu machen, sondern weil an ihm heiter und ironisch die Begrenztheit unseres Wissens und Verstehens deutlich wird. Über den Himmel zu sprechen heißt zumindest immer auch, indirekt über die Erde zu sprechen. Im Hinblick auf die ewige Erfüllung wird ja gerade deutlich, was das Besondere irdischen Glücks und irdischer Gebrechen ist.

Karl Barth ist 1968 gestorben. Somit sind die ersten Jahrzehnte seiner himmlischen Unterhaltung mit Schleiermacher vorüber. Aber gut 150 Jahre haben die beiden für ihren weiteren Gedankenaustausch noch vor sich. Sie brauchen sich auf jeden Fall nicht zu hetzen. Zeit wird genug sein in der Ewigkeit, und auf die Uhr braucht man dort nicht zu blicken.

Ich selbst werde, wenn ich durch Gottes Gnade dereinst im Himmel bin, nach weltlicher Rechnung die beiden noch weit mehr als ein Jahrhundert belauschen können. Ob die gelehrten Herren mich ein paar Sätze mitreden lassen? Ich hoffe, dass ich durch dieses Büchlein in ihren Augen nicht als ein ernsthafter Gesprächspartner ausgeschieden bin. Ich vermute das eigentlich nicht. Sollte es aber doch der Fall sein, dann werde ich sicher irgendwo einen mit Humor begabten Engel finden, den ich mir als Anwalt nehme.

Ich danke Dr. Ernst Gerhardt und Amandus Peters für manchen sprachlichen Hinweis. Meine Frau hat wie immer mit raschem und sicherem Blick sehr viel zur sprachlichen Form der vorliegenden Verse beigetragen. Zwei Jahre vor Erscheinen der Erstauflage dieses Buches habe ich Bischof i.R. Prof. Ulrich Wilckens die Sammlung zugeschickt. Ich danke ihm dafür, dass er sie aufmerksam gelesen hat. Auf seine besonderen Hinweise geht die jetzige Gestalt des »Kaufmanns im Himmel« zurück. In der Erstfassung der Verse hatte ich den »Kaufmann« recht lieblos behandelt und ihm das Klischee des bloßen »Geldverdienens« angehängt. Als Altbischof der Kaufmannsstadt Lübeck legte Ulrich Wilckens gegen diese simple Sichtweise Widerspruch ein. So habe ich über die Kaufmannsverse noch einmal nachgedacht und sie neu formuliert. Daraus ist dann die jetzige Gestalt geworden, die dem berechtigten hanseatischen Kaufmannsstolz Rechnung trägt.

## INHALT

Der Finanzbeamte im Himmel ..................... 9
Der Kaufmann im Himmel ....................... 11
Die Buchhandlung im Himmel .................... 13
Der Koch im Himmel ........................... 22
Der Gärtner im Himmel ......................... 25
Der Uhrmacher im Himmel ...................... 30
Der Dolmetscher im Himmel .................... 33
Der Schneider im Himmel ....................... 37
Der Arzt im Himmel ............................ 40
Der Pastor und der Kantor im Himmel ............ 43
Der Philosoph im Himmel ....................... 45
Der Theologe im Himmel ....................... 46
Der Mathematiker im Himmel ................... 49
Der Psychotherapeut im Himmel ................. 51
Der Fachmann im Himmel ...................... 52
Der Geigenbauer im Himmel .................... 55
Der Darwinist im Himmel ....................... 56
Der Adel im Himmel ........................... 58
Die Arbeit im Himmel .......................... 59
Der Neidhammel im Himmel .................... 60
Der Titelträger im Himmel ...................... 62
Das himmlische Eintrittsgeld .................... 63
Die Schwerkraft im Himmel und auf Erden ........ 67
Moritat vom Leben des Herrn Ratio .............. 70
Der Humorist im Himmel ....................... 73
Unter Gottes Regiment ......................... 76
Endlichkeit und Vollkommenheit ................. 78
Das himmlische Alter .......................... 81
Vom himmlischen Reisen ....................... 88
Der Spiegel im Himmel ......................... 90
Die Chorprobe im Himmel ...................... 91
Der Chef im Himmel ........................... 93
Was wir nur auf Erden können .................. 96

## Der Finanzbeamte im Himmel

»Ach, die Finanzbeamten, die ...«,
so sprechen wir mit Ironie.
Wir fürchten ja durchweg von ihnen:
»Die nehmen uns, was wir verdienen.«

Zwar sehen wir es manchmal ein:
Auch das Finanzamt muss wohl sein,
denn jeder Staat, der auf sich hält,
braucht für die Allgemeinheit Geld.

Doch näher als das Staatsbudget
liegt mir mein eignes Portemonnaie
und damit mein Privatverbrauch.
Mir geht es so, und dir wohl auch.

Dereinst jedoch, in Gottes Staate,
im Himmel, endet das Private –
da wird es uns am Herzen liegen,
dass alle ihren Anteil kriegen.

Dort herrscht ein Geist, ein völlig neuer,
und der betrifft dann auch die Steuer.
Erlaubt es mir, es auszumalen,
sie wäre dort, wie hier, zu zahlen:

Wir würden dort aus freien Stücken
den Beutel fürs Gemeinwohl zücken
und gäben unsern Obolus
von Herzen gern und ohne Muss.

Doch merkt ihr schon, was dieser Geist
für den Finanzbeamten heißt:
Er kommt beruflich in die Krise
in *solchem* »Steuerparadiese«.

Wo wir einander herzlich lieben,
wird keine Steuer eingetrieben.
Prägt Gottes Liebe Herz und Sinn,
fällt der Verwaltungsaufwand hin –

woraus man, scheint mir, schließen kann:
Die vom Finanzamt sind arm dran.
Auf Erden haben sie es schwer –
im Himmel braucht man sie nicht mehr.

## Der Kaufmann im Himmel

### 1. Wie schön, dass es den Kaufmann gibt

Dem Kaufmann wird oft nachgesagt,
dass er nur nach dem Gelde fragt.
Doch dieser Vorwurf ist nicht fair.
Der Kaufmann tut entschieden mehr.

Er sorgt für unser täglich Brot,
bestellt das Warenangebot
und hält es uns zum Kauf bereit.
Auf Vorrat hat er's allezeit.

Die Güter kauft er ein, en gros,
und zwar aufs eigne Risiko.
Er stellt sie für uns ins Regal
und stellt uns vor die freie Wahl:

Bananen aus Kolumbien,
Tomatenmark aus Umbrien.
Aus China holt er uns die Seide.
Von Rügen importiert er Kreide.

Nun stellt euch bitte einmal vor,
der Kaufmann legte sich aufs Ohr
und schlösse seinen Laden ab,
dann wär bei euch bald alles knapp.

An Nahrung würde es euch fehlen,
ihr müsstet Kohl vom Bauern stehlen.
Kein Streichholz wäre mehr im Haus –
dann ginge euer Ofen aus.

## 2. Die Welt ist mehr als eine Ware

So haben wir nun festgestellt:
Der Kaufmann ist ein Handelsheld
und wäre es drum wahrlich wert,
dass man ihn auch im Himmel ehrt.

Doch muss auch er sich dort verwandeln.
Er kann nicht einfach weiterhandeln
wie jeden Tag auf unsrer Welt:
Hier geht es sehr oft nur ums Geld.

Das ist auf Erden wohl auch zwingend,
da braucht man Geld ja einfach dringend,
und unser Kaufmann lebt im Banne
der möglichst hohen Handelsspanne.

Kommt er dereinst im Himmel an,
wird er befreit von jenem Bann.
Dort klingt für ihn die neue Weise:
Die Dinge haben keine Preise.

Das Korn zum Beispiel kann man mahlen;
doch kann man's wirklich auch bezahlen?
Es ist mehr wert als alles Geld,
weil es das Leben selbst enthält.

Rauft sich der Kaufmann auch die Haare –
die Welt ist mehr als eine Ware.
Es kann die kleinste aller Erbsen
kein Milliardär für Geld erwerbsen.

## DIE BUCHHANDLUNG IM HIMMEL

### 1. Die Leseratte

Der Mensch allein von allen Wesen
auf dieser Welt vermag zu lesen –
und treibt es oft als nimmersatte
ins Buch versunkne Leseratte.

Es hat kein Hund und auch kein Hase
jemals ein Buch vor seiner Nase,
ja nicht einmal die kluge Eule
las jemals auch nur eine Zeile.

Kein Tier lernt je das Alphabet,
weil es ja nicht zur Schule geht,
und selbst der Buchfink kann es nicht,
obwohl sein Name es verspricht.

Bewunderung herrscht bei den Tieren:
»Seht mal, der Mensch kann buchstabieren!
Der liest und liest und blättert um –
der Mensch ist offenbar nicht dumm.«

### 2. Gutenberg

Wenn ich ein Buch so richtig mag,
dann lese ich den ganzen Tag
und kann beim Lesen unterdessen
die Welt um mich herum vergessen.

Ein Buch kann uns weit weg entführen,
ein Buch kann unsre Seelen rühren.
Man staunt doch, wie die Drucker schwärzen:
Denn was sie drucken, geht zu Herzen.

Ein Dank also an Gutenberg!
Der tat fürwahr ein gutes Werk.
Doch fing mit jenem guten Mann
auch etwas Unerhörtes an:

Es häuft sich seit Herrn Gutenberg
ein riesengroßer Bücherberg!
Ein guter Berg? Ein schlechter Berg?
Ich steh davor als Lesezwerg!


### 3. Im Himmel weiterlesen?

Auf Erden komm ich nicht zu Ende:
Es gibt zu viele tausend Bände.
Doch kann ich nicht darauf verzichten
zu lesen, was die Dichter dichten.

Ich will doch wissen, was da steht
und worum unsre Welt sich dreht.
So viele Bücher sind empfohlen,
ich hab noch so viel nachzuholen.

Gern läse ich im Himmel weiter,
die »Glocke«, »Faust«, den »Schimmelreiter«,
von Sophokles bis Günter Grass –
ich sage euch, das wäre was!

Ich bin fürwahr ein Lesewesen
und möchte ewig weiterlesen.
Doch frage ich, halb ernst, halb heiter:
Liest man im Himmel wirklich weiter?

## 4. Bücherflut

Wird man's im Himmel weitertreiben
mit Lesen und mit Bücherschreiben?
Dagegen wäre einzuwenden:
Wo führt das hin? Wo soll das enden?

Schon jetzt stehn die Regale voll
von vielem, was man lesen soll –
und täglich, stündlich wird es mehr,
da kommt man nicht mehr hinterher.

Wer hat denn bei den Büchermessen,
wie Leipzig oder Frankfurt/Hessen,
noch irgendwie die Übersicht?
Das ewig weiter? Lieber nicht!

Doch weil ich Bücher sonst vermisse,
plädiere ich für Kompromisse:
Im Himmel Bücher – das wär gut,
doch bitte keine Bücherflut!

## 5. Wer schreibt, der bleibt?

»Wer schreibt, der bleibt« – ob mancher schreibt,
weil er erhofft, dass er dann bleibt?
So könnte er im Grabe liegen
und doch dabei den Tod besiegen.

Ging Goethe auch vorlängst zugrunde,
ist er gleichwohl in aller Munde.
So mancher denkt da hoffnungsfroh:
Ach, ging es mir einst ebenso!

Im Himmel braucht man nicht zu schreiben,
um dort in Ewigkeit zu bleiben.
Man kann getrost darauf verzichten,
aus solchem Grunde was zu dichten.

Dort kann man's also ruhig lassen,
aus Ehrgeiz Bücher zu verfassen.
Der Leser zieht erfreut den Schluss:
Eins wen'ger, das man lesen »muss«.

## 6. Ein schöner Rücken

Das Paperback ist populär,
besonders von den Kosten her,
doch kann ein paperbackscher Rücken
uns auf die Dauer nicht entzücken.

Im Himmel, möchte ich wohl meinen,
wird kaum ein Paperback erscheinen.
Dort gibt es keine Wegwerfware,
die sich nur hält für ein paar Jahre.

Nein, wenn dort Bücher noch erscheinen,
dann doch in Leder oder Leinen,
und außerdem – nicht zu vergessen:
Der Goldschnitt ist dort angemessen.

Die himmlische Erscheinungsweise
braucht keine Rücksicht auf die Preise.
Man muss dort nicht die Kosten drücken –
wie schön für Buch und Bücherrücken!

### 7. Himmlisches Sortiment

*a) Memoiren*

Ist jemand hier sehr prominent,
sodass ihn fast ein jeder kennt,
dann stellt er seinen Lebenslauf
als Memoiren zum Verkauf.

Weil darin gern mal indiskret
so mancherlei Privates steht,
verdient man sich dran dumm und dämlich –
die Menschen mögen so was nämlich.

Im Himmel sind wir nicht getrennt
in »anonym« und »prominent«.
Den Promi, der »das Schweigen bricht«,
gibt es zum Glück im Himmel nicht.

Wo alle echtes Glück erfahren,
pfeift man auf fremde Memoiren,
und dort verdient ein Dieter Bohlen
mit Memoiren keine Kohlen.

*b) Geschichte*

Geschichte ist ein weites Feld,
doch kennzeichnend für unsre Welt:
Im Grunde ist ja alle Zeit
kaum da auch schon Vergangenheit.

Entsprechend ist der Bücher Zahl
sehr groß in dem Geschichtsregal.
Wir fragen, wie es hiermit steht
im Reich, wo keine Zeit vergeht:

Gibt es dort wohl noch Lexika
von dem, was dazumal geschah?
Jedoch: was sollte darin stehen,
wenn dort die Dinge nicht vergehen?

Wo alles *ist* und nichts *gewesen* –
was könnte man im Ploetz noch lesen?
Man wird ihn dort wohl nicht mehr drucken,
weil es nicht lohnt hineinzugucken.

*c) Ratgeber, Science-Fiction, Astrologie*

Wir sind in jenem sel'gen Land
nicht mehr erschöpft und angespannt.
Darum fehlt dort der Leserstamm
fürs Wellness-Anti-Stress-Programm.

»Krebs«, »Widder«, »Löwe«, »Stier« und »Fisch«
verschwinden dort vom Ladentisch.
Die dunkle Kunst der Astrologen
wird nimmermehr zu Rat gezogen.

Auch Science-Fiction, denk ich mir,
bringt man dort nicht mehr zu Papier,
denn jeder ahnt ja irgendwie:
Was soll im Himmel Utopie?

Also wird manches aussortiert,
was hier auf Erden gut floriert,
sodass sich fast die Frage stellt,
ob sich der Laden dort wohl hält.

*d) Bildbände*

Von jeder Stadt und jedem Land
gibt's heute einen Fotoband.
Man staunt, was Fotobände bieten:
die Nordsee, Taiga, Dolomiten,

der Po, die Seine, der Don, der Rhein …
– »Es ist zu schön, um wahr zu sein!« –
der Amazonas und der Nil …
Doch irgendwann wird's auch zu viel!

Schlägt jemand nach dem Erdenlauf
im Himmel einst die Augen auf,
wird seinen Augen er kaum trauen:
So Schönes gibt es dort zu schauen.

Was er dort sieht, in Gottes Hut,
ist wunderschön und wahrlich gut.
Doch nie ist es, will ich vermuten,
wie hier manchmal: *zu viel* des Guten.

*e) Der Krimi im Himmel*

Wie schön ist doch das Krimilesen:
Da kriegt man ihn gefasst, den Bösen.
So wird die Ordnung dieser Welt
im Krimi wiederhergestellt.

Das tut im Himmel nicht mehr not,
dort lebt man ja nach dem Gebot.
Im Himmel noch ein Detektiv?
Das klingt – ihr merkt es – reichlich schief.

Der Abschied jedoch tut uns weh
von Sherlock Holmes und von Maigret.
Mit ihnen sind wir ja im Buche
begeistert auf der Tätersuche.

Die Zeit vergeht uns wie im Fluge
bei Raub und Mord und beim Betruge.
Wir fragen uns gespannt beim Lesen:
Wer ist der Bösewicht gewesen?

Doch braucht man für die Krimi-Fälle
ja leider immer Kriminelle.
Der Tugendsame, rein und klar,
ist öde für den Kommissar.

Wir möchten gerne Fälle lösen.
Doch für den Fall braucht man den Bösen.
Der fehlt im Himmel ganz und gar
und damit auch der Kommissar.

Wo Böse nicht ihr Wesen treiben,
kann man auch keine Krimis schreiben.
So wird es denn im ewgen Leben
wohl keine neuen Krimis geben.

Vielleicht jedoch bleiben die alten
von dieser Erde dort erhalten,
um sie – spricht irgendwas dagegen? –
womöglich noch mal aufzulegen.

## 8. Und *dieses* Buch?

Zum Abschluss stelle ich die Frage
im Blick auf meine eigne Lage:
Wird *dieses* Buch dort wohl erscheinen?
Ich fürchte, das muss ich verneinen.

Denn wenn wir einst im Himmel weilen,
liest keiner mehr just diese Zeilen –
ein jeder kennt ja dann genau
den Himmel aus höchst eigner Schau.

Doch schlägt man nach dem Lebenslauf
dies Buch trotzdem im Himmel auf,
dann wird man sich nur amüsieren:
»Was die da unten spekulieren!«

# DER KOCH IM HIMMEL
oder
## DAS FREUDENMAHL FÜR LEIB UND SEELE

*»Meine Zunge und mein Gaumen sind die Pforten zu einem dunkleren Reiche, auf dessen Grunde jedoch wiederum und ebenso wirklich die lebendige Weisheit wohnt, aus der alles hervorgegangen ist, was da ist ... Essen und Trinken heißt Einigung. Aber Einigung womit? Der glückliche Mensch, der das Geheimnis der Antwort weiß, sollte sich nicht mehr an einen Tisch setzen können, ohne zu kommunizieren.«*

*VICTOR POUCEL SJ, nach Hans-Eduard Hengstenberg, Der Leib und die letzten Dinge, Regensburg 1955, S. 18 ff.*

### 1. Der Koch auf unsrer Erde

Der Koch trägt eine weiße Schürze
und ist der Fachmann für Gewürze.
Des Weiteren ist er bekannt
für seinen Löffel in der Hand.

Gott schafft die Nahrung aus der Erde.
Der Koch bereitet sie am Herde
nicht bloß zur Sättigung im Magen,
nein, auch der Zunge zum Behagen.

So übt der Koch im Küchendunst
auf Erden seine Gaumenkunst.
Die Frage heißt: Wirkt unser Koch
auch dermaleinst im Himmel noch?

## 2. Himmlischer Appetit

Da unser Neues Testament
das Freudenmahl im Himmel kennt,
so heißt das doch wohl klipp und klar:
Der Koch kocht dort noch etwas gar.

Wir singen nicht nur Lied um Lied,
wir haben auch noch Appetit.
(Wir sind ja dort, wie Paulus schreibt,
nicht Seelen bloß, nein, neu beleibt.)

Wenn man im Himmel also speist,
so ist doch klar, dass das auch heißt:
Der Koch hat einst auf alle Fälle
im Himmel eine Arbeitsstelle.

## 3. Einwände von Rohköstlern, Spiritualisten und Skeptikern

Wer Rohkost liebt, wendet hier ein:
»Ein Koch in Himmel? Aber nein!«
Er sieht die Sache nämlich so:
Im Himmel isst man alles roh!

Auch meint der Spiritualist,
dass es im Himmel anders ist:
dass dort der Anblick schon ernährt,
bevor man noch etwas verzehrt.

Da wir nun wohl bekennen müssen,
dass wir es ganz genau nicht wissen,
so wollen wir nicht darauf pochen,
dass Köche noch im Himmel kochen.

## 4. Geschmackvoller Ausklang

Da man beim Mahl im Himmel sitzt,
so schließe ich, leicht vorgewitzt,
dass man dort sicher »irgendwie«
so etwas tut wie Köche hie.

Auf jeden Fall: Die Kunst am Herd
hat unsern Schöpfer stets geehrt.
Der Koch bereitet ja die Gaben,
die wir von Gott empfangen haben.

Der Koch hilft, dass wir recht ermessen:
Gott gibt uns Köstliches zum Essen,
und unser Lob: »Es hat geschmeckt!«
gilt auch dem Schöpfer – indirekt.

# DER GÄRTNER IM HIMMEL
oder
## PARADIESISCHE ARBEIT

*»Drei Dinge sind aus dem Paradies geblieben:
Sterne, Blumen und Kinder.«*
                                  DANTE

Der Gärtner ist ein Traumberuf,
den Gott im Paradies schon schuf.
Zu Adam hob Gott an zu reden:
»Bebaue mir den Garten Eden!«

Der Herr hat Adam anvertraut,
dass er das Paradies bebaut:
»Von dir allein will ich's erwarten:
Sei mein Verwalter hier im Garten!«

So ist der Mensch in seinem Reich
Geschöpf und doch dem Schöpfer gleich:
Das Tier ist von Natur aus wild,
der Mensch ist Gottes Ebenbild.

Der Mensch soll mit den eignen Händen
die Schöpfung gleichsam erst vollenden.
Er ist, nach göttlicher Regie,
das Pünktchen auf dem Schöpfungs-I.

Aus diesem Grunde, haargenau,
betreibt er ja den Gartenbau.
Der Mensch bebaut und pflegt das Land,
die Wildnis nimmt sonst überhand.

Und wie einstmals im Paradies
der erste Gärtner Adam hieß,
so gibt es doch im Himmel auch
noch Gras und Blume, Baum und Strauch.

Der Gärtner wird auch dort gesucht,
zum Beispiel für die Rosenzucht
und als der Fachmann, sozusagen,
für Sträucher und für Grünanlagen.

Doch eine Frage sei gestellt:
Muss er, wie hier auf dieser Welt,
dereinst auch in den Himmelsbeeten
noch stets und ständig Unkraut jäten?

Nein, diese Gärtnertätigkeit
gehört laut Mosebuch erst seit
der paradiesischen Vertreibung
zu seiner Arbeitsplatzbeschreibung.

Lies Mose eins, Kapitel drei:
Das Paradies war unkrautfrei –
und daraus kann man doch wohl schließen:
Im Himmel wird es niemals sprießen.

Für unsern Gärtner und sein Tun
heißt das im Himmelsgarten nun:
Der Gärtner ist gewiss vonnöten,
doch keineswegs zum Unkrautjäten.

**PS: Reflexion über das Unkraut (1)**

*Das Wie und das Wo*

Jedoch, was ist denn, bitte schön,
als bloßes »Unkraut« anzusehn?
Was haben Giersch und Löwenzahn
der Menschheit eigentlich getan?

Die blühn doch schön an unsern Wegen,
was haben wir denn bloß dagegen?
Doch geht es ja bei dieser Frage
nicht um das »Was«, nein um die *Lage*.

Ein Unkraut ist nicht einfach »so«,
ein Unkraut wird es durch das »Wo«.
Ein »Kraut« ist Giersch am Wegesrand,
ein »Unkraut« nur auf Gartenland.

Nein, Wachstum ist nicht nur ein Segen,
es kommt auch häufig ungelegen.
Der Giersch wächst leider wie verrückt,
wobei er andres unterdrückt.

So kann's mit ihm nicht weitergehn,
so kann er himmlisch nicht bestehn.
So kommt er nicht durch das Gericht,
denn so lebt man auf ewig *nicht!*

Wird er im Himmel ausgerottet,
weil er der Lebensordnung spottet?
Oder wird er vielleicht geläutert –
vom »Un-« zum »Kraute« hochgekräutert?

Was weiß ich kleiner Mensch genau
vom ewgen Himmelsgartenbau?
Was weiß ich schon von Kraut und Kräutern
und ob dieselben sich dort läutern?

Jedoch weiß ich auf jeden Fall:
Der Giersch ist dort nicht überall,
nein, höchstens hier und da, bescheiden,
und dann mag man ihn sogar leiden.


**Reflexion über das Unkraut (2)**

*Wunder des Lebens*

Bisweilen wird wohl zu exakt
das Unkraut einfach weggehackt.
Manch einer tritt als Saubermann
fanatisch gegen Unkraut an.

Er reißt es aus mit Stumpf und Stiel
und tut des Guten leicht zu viel.
Ich habe da so meine Zweifel:
Ist jedes Unkraut denn vom Teufel?

Ist's nicht auf seine Weise Leben,
von Gott, dem Schöpfer, selbst gegeben
und also Teil von seinen Werken?
Am Beispiel könnte man es merken:

Denkt mal, ihr wäret auf dem Mond,
wo keine Menschenseele wohnt,
wo gar nichts wächst und gar nichts blüht
und man nur kahle Steine sieht –

und da! – in irgendeiner Ecke –
entdeckt ihr Hälmchen einer Quecke.
Ich denk, dass ihr wohl sonst was tätet,
als dass ihr diese Quecke jätet.

Ihr würdet sie – seid sicher – hegen
und wie ein Kleinod sorgsam pflegen.
Das hier von uns verfemte Kraut
wird dort als Wunder angeschaut.

## DER UHRMACHER IM HIMMEL
**oder**
**DEM SELIGEN SCHLÄGT KEINE STUNDE**

1. Diogenes in seiner Tonne
   maß Zeit noch nach dem Stand der Sonne.
   Doch heute wollen wir's genauer
   und brauchen dazu Uhrenbauer.

   Wir sind auf diesen sehr präzisen
   Beruf auf Erden angewiesen,
   denn wir bekämen ohne ihn
   nicht einen einzigen Termin.

   In puncto Pünktlichkeit, ticktack,
   ist unser Uhrmacher auf Zack.
   Er hat auf Hundertstelsekunden
   beim Sport schon Sieger rausgefunden.

Der Uhrmacher, ticktack, tacktick,
hat hier auf Erden wirklich Glück:
Man braucht ihn ständig für die Zeit –
doch *braucht man ihn in Ewigkeit?*

**2.** Ist unsre Zeit hier abgelaufen,
wird keiner eine Uhr mehr kaufen
und nicht nervös auf Zeiger blicken,
die ohne Gnade weiterticken.

Wo Gott die Zeit in Händen hält,
da wird die Uhr nicht mehr gestellt.
Bei Cherubim und Seraphinen
weiß keiner mehr was von Terminen.

Bedenkt man dieses alles recht,
steht es für Uhrmacher wohl schlecht:
Wer Ewigkeit und Muße hat,
der schaut nicht mehr aufs Zifferblatt.

Wo wir nicht mehr auf Uhren schauen,
wird man auch keine Uhren bauen.
Der Uhrmacher hat nichts zu tun.
Ein Ur-Laub-Macher wird er nun.

**3.** Doch – kann man das so sicher sagen,
im Himmel gäb's kein Uhrenschlagen
und alle Zeit sei ganz vorbei,
weil dort doch alles ewig sei?

Die Zeit, die eilt (nach Wilhelm Busch)
und saust davon: »Husch-husch! Husch-husch!«
*Die* kommt mit ihrem Sauseschritt
zum Glück nicht in den Himmel mit.

Doch andrerseits: ticktack, tacktick,
denkt an die Zeit in der Musik!
Es gäbe ohne Zeit doch nie
die allerkleinste Melodie.

Die Töne klingen allgemach
ja in der Zeit nur nach und nach,
woran ein jeder deutlich sieht:
Die Zeit ist nötig für das Lied –

das heißt: Wenn wir im Himmel singen,
muss man dort eine *Zeit* verbringen,
und zwar im guten Sinn exakt,
denn schön klingt es ja nur im Takt.

Der Geist der höchsten Präzision
herrscht auch um Gottes hohen Thron.
Der Unterschied zu hier ist nur:
Man braucht dort dafür keine Uhr.

Wir müssen, möchte ich vermuten,
uns dort zum Pünktlichsein nicht sputen.
Es geht von selbst, so wie im Spiel,
und ohne Hast kommt man ans Ziel.

Jedoch, falls es dort anders ist
und man dort doch mit Uhren misst,
dann muss der Uhrmacher, tacktick,
aus seinem Urlaub halt zurück.

# Der Dolmetscher im Himmel

## 1. Der Dolmetscher vom Paradies bis Babylon

Wenn alle *eine Sprache* reden,
versteht auf Erden jeder jeden.
So war's von Vater Adam bis
zum Turmbau in der Genesis.

Das war für alle angenehm
und zur Verständigung bequem.
Nur einer fand es nicht famos:
Der Dolmetscher war arbeitslos.

## 2. Der Dolmetscher seit Babylon bis heute

Als das in Babel dann geschah,
verstand man nichts als nur »blabla«.
Weit hat die Menschheit sich zerstreut –
den Dolmetscher hat das gefreut.

Er hat bis jetzt den Nutzen von
der Sprachennot seit Babylon
und macht dank jener Sprachbarriere
als Übersetzer Karriere.

### 3. Der Dolmetscher in pfingstlicher Sicht

Doch hat der Übersetzer nur
für eine Zeit lang Konjunktur:
Zu Pfingsten unterm Geistesbraus
kam man ganz ohne Dolmetsch aus.

Das war für alle Leute schön,
sich ohne Mittler zu verstehn.
Ja, *alle* freuten sich zu Pfingsten –
nur Dolmetscher … nicht im Geringsten.

### 4. Der Dolmetscher im Himmel

Dort wo wir unsern Vater loben,
sind Sprachengrenzen aufgehoben,
sodass man ohne Mittelsmann
den anderen verstehen kann.

So sehr wir Dolmetscher auch schätzen:
*Dort* gibt's nichts mehr zu übersetzen.
Der Dolmetsch kann in Rente gehen,
weil wir uns ohne ihn verstehen.

### PS: Von der Vielfalt himmlischer Sprache

Was man wohl einst im Himmel spricht?
Ich denke: Esperanto nicht!
Man spricht im himmlischen Gefilde
kein einheitliches Kunstgebilde.

Es macht der Herr in seinem Reich
nicht alle Vielfalt einfach gleich.
Die Welt um Gottes hohen Thron
ist auch an Sprachen polyphon.

Gewiss spricht man, doch nicht allein,
Hebräisch, Griechisch und Latein.
Das gilt dort nicht als elitär
und fällt im Himmel keinem schwer.

Auch Englisch ist dort wohlbekannt,
doch nicht, wie hier, so dominant:
Der Himmel ist kein »Happy End«
und schöner selbst als Disneyland.

Nicht »Hoch« allein, auch »Platt« kommt dort
bestimmt gelegentlich zu Wort.
Auch denk ich nicht, dass unsre Schwaben
dort gar nichts mehr zu schwäbeln haben.

Wir haben just in unsern Tagen
das Ostpreußische zu beklagen.
Als hätt die Mundart was verbrochen,
wird sie demnächst nicht mehr gesprochen.

Doch glaube ich, in Gottes Ohren
geht es auf keinen Fall verloren.
Es wird grad dieser Dialekt
im Himmel, hoff ich, auferweckt.

## DER SCHNEIDER IM HIMMEL
oder
### KLEIDER MACHEN LEUTE

**1. Der Schneider im Paradies**

Seit Langem gilt und gilt noch heute:
Erst Kleider machen wirklich Leute.
Es hat der Mensch, die Frau, der Mann,
normalerweise etwas an.

Jedoch weiß man vom ersten Paar,
dass es noch nicht bekleidet war.
Kein Kleid, kein Hemd, und unbefrackt
empfand man sich doch nicht als nackt.

Das ging sehr gut im milden Klima,
und allgemein fand man das prima,
nur einer sagte dazu »leider« –
das war natürlich unser Schneider.

Der war betrübt, aus gutem Grunde:
Es kam zu ihm ja nie ein Kunde.
»Die sollen sich«, hofft er, »was schämen« –
damit sie endlich zu ihm kämen.

## 2. Der erste Schneider

Als dann der Mensch in Sünde fiel,
besann er sich auf das Textil.
Er brauchte etwas anzuziehn,
und sei's zur Not nur ausgeliehn.

Da griff Gott gleichsam selbst zur Schere.
O hört, ihr Schneider, welche Ehre:
Als erster Schneider aller Zeit
gab Gott der Menschheit einst ihr Kleid.

So haben Schere, Garn und Nadel
auf dieser Welt von Gott her Adel.
Doch – fädelt unser Schneiderlein
im Himmel noch den Faden ein?


## 3. Der Schneider im Himmel

Falls es im Himmel ist, so wie's
einstmalen war im Paradies,
dann braucht man weder Hemd noch Kleid –
und unser Schneider tut mir leid!

Doch Kleidung soll weit mehr bezwecken,
als unsern Körper zu bedecken.
Sie ist ein Schmuck und eine Zier,
in diesem Sinne *steht sie dir!*

Nein, nicht bereits die bloßen Häute,
erst Kleider machen wirklich Leute.
Wir sind, ob unten, oben »ohne«,
gleichwie ein König ohne Krone.

Der Mensch ist darauf angelegt,
dass er ein Kleid am Leibe trägt;
und tut er's nicht – in diesem Falle
sagt man: »Der hat sie wohl nicht alle!«

Ja, grad im Himmel, möcht ich meinen,
wird keiner von uns nackt erscheinen –
und anders als in unsrer Welt
wird dort auch niemand bloßgestellt.

Wir tragen in der Ewigkeit
ein unschuldsvolles weißes Kleid.
Daneben wähne ich dort oben
auch eine Vielzahl von Gard'roben.

Der Schneider darf entsprechend hoffen
auf ewge Arbeit mit den Stoffen,
denn jenseits zeitbedingter Moden
hat dieses Handwerk goldnen Boden.

Es tut der Schneider, meine ich,
auch noch im Himmel manchen Stich
bei seiner Arbeit an Gewändern
(doch muss er dort wohl nichts mehr ändern).

Ich mal mir aus – das macht mir Spaß,
der Schneider nimmt dort einzeln Maß
und stellt dann fest, wenn er so misst,
dass jeder ein Besondrer ist.

So schneidert er für die Person
das Einzelstück statt Konfektion.
Denn Gott schuf uns, seid nur nicht bange,
zum Glück ja auch nicht von der Stange.

## DER ARZT IM HIMMEL
oder
### VOM SCHÖPFER DER MEDIZIN

Der Arzt ist jederzeit zur Stelle:
Ob Bauchweh oder Grippewelle,
ob Beinbruch oder Gallensteine –
er hilft uns wieder auf die Beine.

Zwar ist ein guter Mediziner
bisweilen auch ein Großverdiener –
doch dafür hat er Tag und Nacht
an Krankenbetten zugebracht.

Ja, dieser Mann ist etwas nütze,
in Sachen Nächstenliebe Spitze,
ein Beispiel an Humanitas,
so gilt denn wohl nach Menschenmaß:

Als Täter mancher guten Tat
ist er ein Himmelskandidat.
(So spräche wenigstens, verzeiht,
die alte Werkgerechtigkeit.)

Jedoch, wenn man den Doktor fragt,
ob ihm der Himmel auch behagt,
dann wird sich alsobald ergeben:
Da mag er gar nicht gerne leben –

und das hat seinen guten Grund:
Im Himmel ist das Volk gesund.
Drum hat der Doktor was dawider:
»Im Himmel lass ich mich nicht nieder.«

Dort ist ja keiner mehr zu heilen!
Er hat die Furcht, sich langzuweilen,
und seufzt: »Gäb es um Himmels willen
im Himmel doch ein paar Bazillen!«

**Nachdenkliches PS:**
Der Arzt in seinem weißen Kittel,
zumeist auch noch mit Doktortitel,
hat auf der Welt die wundervolle
und lobenswerte Helferrolle.

Er muss nicht nehmen, er kann geben
und rettet manches Mal das Leben.
So könnte man denn beinah meinen,
er sei so was wie Gott im Kleinen.

Doch auch der Arzt wird einmal schwach
und liegt wie unsereiner flach.
Dann wird er, wie man es so nennt,
bei andern Ärzten ein Patient.

So möge denn der Arzt beizeiten
sich selbst aufs Sterben vorbereiten.
Ob unser Arzt wohl daran denkt,
wer ihm das Helfenkönnen schenkt?

In diesem Sinn ist ihm zu raten:
Er sei nicht stolz auf seine Taten.
Denn was er kann, hat Gott gegeben –
der schenkt und rettet uns das Leben.

Wir danken und wir loben *IHN*,
den Schöpfer – auch der Medizin.
Dem Herrn allein sei Lob und Preis!
Kein Mensch ist Gott (auch nicht in Weiß)!

## Der Pastor und der Kantor im Himmel
**oder**
### Aber die Musica bleibet bestehn

Den Pastor braucht man auf der Erde
als Prediger und Hirt der Herde.
Auch für die Frage nach dem Sinn
geht mancher gern zum Pastor hin.

So ist er hier auf Erden tätig.
Doch – ist er auch im Himmel nötig?
Wir fragen: Haben die Pastoren
im Himmel einst noch was verloren?

Wir *sehen* Gott im Himmelslicht
von Angesicht zu Angesicht.
Das *Hören* auf das Predigtwort
tut nicht mehr Not an jenem Ort.

Der Pastor hat daran zu kauen;
doch wo wir Gott persönlich schauen,
muss niemand in die Kirche gehn
und keiner auf der Kanzel stehn.

Bei Gott, in Abrahamens Schoß,
sind Seelsorger schlicht arbeitslos.
Die Seelen sind dort ja geborgen –
dort braucht man nicht mehr seelzusorgen.

Ein Rat dem Fachmann für die Bibel:
Er sei beizeiten schon flexibel
und stelle sich schon hier drauf ein:
Er kann nicht ewig Pastor sein.

Und darin liegt der Unterschied
zum Kantor mit dem Kirchenlied,
weil man ja schließlich unbedingt
im Himmel noch im Chore singt.

Darum ist unser Kantor heiter:
Man braucht ihn noch im Himmel weiter.
Es wird grad auch in jenem Leben
Musik zum Lobe Gottes geben.

Der Kantor reibt sich schon die Hände.
Doch sind wir hier noch nicht zu Ende.
Denn auch der Meister von den Tönen
muss sich vermutlich umgewöhnen.

Im Himmel singt man wohl im Chor,
doch – tritt da **einer** noch hervor
als Dirigent und Chef vom Ganzen
und lässt nach seiner Pfeife tanzen?

Wir singen wohl im Himmel weiter,
doch jeder kann's, auch ohne Leiter,
und selbst wer hier den Ton nicht traf,
der findet ihn dort wie im Schlaf.

So schwimmen auch des Kantors Felle:
Er hat dort keine feste Stelle
und steht bei manchem schönen Lied
nur schlicht im Chor, in Reih und Glied.

## DER PHILOSOPH IM HIMMEL
oder
### DIE FRAGE NACH DEN FRAGEN

Ein Philosoph liebt offne Fragen.
Die pflegt er mit viel Wohlbehagen,
mit Scharf- und Tiefsinn zu behandeln
und in gelöste umzuwandeln.

Was man dazu vornehmlich braucht,
das ist ein Kopf, der etwas taugt.
Man ist ja zweifellos auf diesen
zur Fragelösung angewiesen.

Voraussetzung ist außerdem
zu jeder Lösung ein Problem –
denn wenn man keine Fragen hat,
dann findet keine Lösung statt.

Ob man, wie hier auf dieser Welt,
im Himmel auch noch Fragen stellt –
so lautet unsre Frage hier,
die stell ich dir, die stell ich mir.

Ist dort womöglich alles klar,
ganz fraglos deutlich, offenbar?
Der Philosoph zu seinem Teile
empfände das als Langeweile.

Er möchte grübeln, suchen, sinnen
und immer neu von vorn beginnen.
Er liebt es nicht frag-los bequem,
er braucht zum Leben das Problem.

Auf diese Frage nach den Fragen
geb ich mich hier schlichtweg geschlagen.
Kann es im Himmel Fragen geben?
Kann man auch ohne Fragen leben?

Ich denk, in himmlischen Bereichen
löst sich ein jedes Fragezeichen –
das Wie?, Warum?, Woher?, Wozu?
kommt endlich dort zur ewgen Ruh.


## DER THEOLOGE IM HIMMEL
oder
### DIE STREITHÄHNE IM FRIEDENSREICH

»Wir haben mit Christus niemals „gegen" jemanden recht. Nein, wir verdanken es unserem Erlöser Jesus Christus, dass wir gemeinsam vor Gott Unrecht haben dürfen.«

*Nach SÖREN KIERKEGAARD*

*Wenige Tage vor seinem Tod schrieb MELANCH-THON die Gründe nieder, weshalb er sich auf das himmlische Leben freue. Einer der dort von ihm genannten Gründe lautet:* »Dort bin ich befreit von aller Mühsal und der Streitsucht der Theologen.«

Der Mensch liebt es fast mehr als Geld,
dass er vor andern recht behält.
Dann spricht er im Genießerton:
»Ich sagte es ja immer schon!«

Bei Theologen hängt die Ehre
letztendlich an der rechten Lehre.
Selbst wenn sie in die Hölle kämen,
sie könnten sich darum nicht grämen:

Der Nachweis wäre ja geführt,
dass eine Hölle existiert –
und geht es ihnen dort auch schlecht,
es bleibt ein Trost: Sie hatten recht.

Noch größer würd die Freude sein,
sie zögen in den Himmel ein.
Dann sähn sie sich erst recht bestätigt
in allem, was sie hier gepretigt.

Und Petrus an der Himmelspforte
spräch freundliche Begrüßungsworte:
»Ich heiße euch hier gern willkommen,
ihr werdet herzlich aufgenommen.

Kommt her mit Leistung und Versagen
und mit der Last, die ihr getragen.
Kommt her mit euren großen Taten
und auch mit dem, was euch missraten.

Nur eines lasst da draußen vor
und bringt es nicht durchs Himmelstor,
das sollt auf Erden ihr begraben:
die Lust, in allem recht zu haben!«

## DER MATHEMATIKER IM HIMMEL
oder
UMGEKEHRTE RECHENKUNST


Es gibt im Leben schwere Stunden.
Doch mancher sagt ganz unumwunden:
»Die schwerste Stunde, die ich hatte,
war damals in der Schule – Mathe!«

Ja, mancher muss sich mächtig quälen
in jenem Reich, wo Zahlen zählen,
und kommt damit – ist's eine Schande? –
beim besten Willen nicht zurande.

Für den ist's hier mit »durch« und »mal«
ein schweres Los, ein Jammertal.
Und auch mit »minus« und mit »plus«,
hofft er, sei einst im Himmel Schluss!

Doch andern scheint es auch zu liegen,
im Schlafe einfach zuzufliegen –
für die besteht das Himmelreich
aus »durch«, »mal«, »minus«, »plus« und »gleich«.

Die hoffen, noch im Jenseits drüben
die Rechenkünste auszuüben.
Vielleicht sogar vollenden sie
dort schließlich auch die Kreiszahl »Pi«.

Doch manche Rechnung dieser Welt
wird himmlisch auf den Kopf gestellt:
Gibt man dort Geld und Güter ab,
so werden sie gleichwohl nicht knapp.

Häuft man sich andrerseits viel an,
wird man trotzdem kein reicher Mann.
Man kann sein Gut dort nicht vermehren,
wie's hier bekannt von Millionären.

Grad die, die Reichtümer addieren,
gewinnen nicht – nein, sie verlieren,
und der, der abgibt, umgekehrt,
erlebt, wie sich sein Gut vermehrt.

Ihr merkt, im Himmelreiche geht
die Rechenkunst oft umgedreht.
Für Rechner eine harte Nuss
wird plus zu minus, minus plus.

## DER PSYCHOTHERAPEUT IM HIMMEL

*»Woher kommt es, dass wir alle einen Knacks haben, fast alle? … Ich glaube fast, es fehlt uns allesamt der liebe Gott, nichts weiter. Es fehlt so ein Ding, das die Achtung wohl aller besäße, eine zweifellose und gemeinsame Achtung für jeden Fall. Dann erst könnten wir wie Männer und freie Geister, nämlich sachlich und liebend, über die Dinge sprechen, sogar über die eigenen … Ich glaube wirklich, es fehlt uns nur der liebe Gott.«*
*Nach MAX FRISCH, Bin oder*
*die Reise nach Peking, Frankfurt 1968, S. 66 ff.*

Im Unterschied zum Krokodil
sind Menschen seelisch oft labil.
»Normal« sind Adler, Löwe, Dachs –
jedoch der Mensch hat einen Knacks.

Auf diesen Sachverhalt bezogen
ist der Beruf der Psychologen.
Die ziehen in gewissem Sinne
aus unserm Knacks für sich Gewinne.

Sie mühen sich als Therapeuten,
uns unser Krankheitsbild zu deuten.
(Doch mancher sagt: Der Therapeut
hilft mit der Deutung keinen Deut.)

Im Himmel ist jedoch »fini!«
mit jeder Art von Therapie.
Da müssen wir, erlöst von Knacksen,
nicht mehr in Therapeuten-Praxen.

Darüber sind wir sehr erfreut.
Doch freut sich auch der Therapeut?
Dank der nun fehlenden Neurosen
wird er zum Langzeit-Arbeitslosen.

Kommt nun die Furcht, er sei nichts wert
(die schrecklich an den Nerven zehrt)?
Braucht er vielleicht jetzt selber die
von ihm geübte Therapie?

Ich meine fast, er braucht sie nicht!
Auch ihm scheint dort ein neues Licht!
Auch er nimmt ja nun freudig teil
an aller Seelen Seelenheil.

Da schließt er denn in Seelenruh
die eigne Praxis gerne zu.
Getröstet dort von Gott dem Vater,
braucht niemand mehr den Psychiater!


## DER FACHMANN IM HIMMEL
oder
VON DER EINFALT DER VIELFALT


*»Hier in der sichtbaren Welt entsteht freilich ein Teil aus dem anderen und jedes Einzelne ist nur Teil; dort oben aber ist das Einzelne immerdar aus dem Ganzen, es ist Einzelnes und Ganzes zugleich; es tritt zwar als Teil in Erscheinung, in ihm aber erblickt der Scharfsichtige das Ganze.«*
*PLOTIN, Enneaden, V. 8,4 (3. Jh.)*

Ach, hätte ich und hättest du
auch einen glänzenden IQ,
wir würden trotz solch hoher Gaben
stets viele Bildungslücken haben.

Wer kann wie Mozart musizieren
*und* jeden Motor reparieren
*und* kennt die Werke von Vergil?
Das ist für *einen* Mann zu viel.

Der Fachmann wird gebraucht – auf diesen
ist unsereiner angewiesen.
Es kann im Falle eines Falles
auf Erden nämlich *niemand alles.*

Ich werfe diese Frage auf:
Braucht man nach dieses Lebens Lauf –
erwägt es einmal, liebe Christen –
im Himmel auch noch Spezialisten?

Die eine Möglichkeit ist die:
Es ist dort jeder ein Genie,
und jeder ist dort hellewach
und Meister in alljedem Fach.

Vielleicht ist's aber umgekehrt:
Im Himmel sind wir nicht gelehrt
und wie die Fachleute beschlagen,
nein, umgekehrt wäre zu sagen:

Im Himmel ist nichts kompliziert!
(Ein Grund mehr, dass man jubiliert!
Womöglich ist das zu Spezielle
charakteristisch für die Hölle!)

Die vielen, vielen Einzelheiten,
die sich ins Uferlose weiten,
die machen uns das Leben schwer –
im Himmel gibt es sie nicht mehr.

So wären wir davon geheilt,
dass man die Welt in Fächer teilt.
Wir sehn die Welt in neuem Glanze,
von Gott gemacht als eine *ganze.*

Wenn wir dort voller Einfalt sind
(so wie nach Claudius das Kind),
dann gibt es nicht mehr »mein Fach – dein Fach«,
nein, dann ist alles klar und *einfach.*

**PS:**

Doch »einfach« ist nicht »simpel«, nein,
das ist es nicht, was ich hier mein.
Jedoch dies näher auszuführen,
das würde alles komplizieren.

Wird »einfach« nämlich definiert,
wird »einfach« ziemlich kompliziert.
Auf Erden führt – ach welcher Hohn –
das Schlichte zur Komplikation.

## Der Geigenbauer im Himmel

Im Himmel tönt nicht nur Gesang,
man hört auch Instrumentenklang,
ja, Harfen und Posaunenschall
erwähnt die Schrift auf jeden Fall.

Es lässt sich deshalb nicht bestreiten:
Dort schwingt das Blech, dort klingen Saiten.
Von Piccolo bis Orgelbraus
fällt keins der Instrumente aus.

Und damit wird die Frage laut,
wer wohl die Instrumente baut.
(Ich denk mir, dass – wie auf der Welt –
im Himmel nichts »vom Himmel fällt«.)

Das heißt, bedenkt man es genauer:
Man braucht die Instrumenten*bauer*
im hohen Himmelreich erneut –
Herr Stradivari ist erfreut.

Der Geigenbau, als Beispiel nur,
hat auch im Himmel Konjunktur;
und also hat der Geigenbauer
sehr gute Chancen und auf Dauer.

Zwar muss er mit den Violinen
nicht mühsam mehr sein Geld verdienen,
jedoch aus Freude an der Sache
wirkt er noch fort in seinem Fache.

Er arbeitet im Himmel nicht
zum Broterwerb, aus bloßer Pflicht.
Er arbeitet aus reiner Neigung
zum Zwecke einer guten Geigung.

Und baut er dort – wer weiß, wer weiß? –
vieltausend Geigen mit viel Fleiß,
dann hängt vielleicht, das wird sich zeigen,
der Himmel wirklich voller Geigen.


## DER DARWINIST IM HIMMEL
**oder**
**UND WAS IST MIT DEN ENGELN?**


Der Darwinist weiß gut Bescheid
in unsrer Welt und dieser Zeit.
Er weiß im Großen und im Ganzen
von allen Tieren und von Pflanzen,

von Rosen und von Küchenschaben,
dass sie sich »so entwickelt haben«.
Der Mensch ist da nicht ausgenommen,
woher soll er denn sonst wohl kommen?

Wenn dann jedoch ein Darwinist
dereinst bei Gott im Himmel ist,
dann wird die Sache für ihn schwer –
wo kommen diese Arten her:

Die Cherubim und Seraphinen
und alle Engel, die dort dienen,
die Himmelsscharen insgesamt –
wovon sind sie bloß abgestammt?

Der Darwinist vor Gottes Thron
denkt an die Evolution.
Wie gern bewiese er: Die Affen
sind auch die Ahnen der Seraphen.

Die Frommen singen oben Lieder,
doch er sucht seine Zwischenglieder
vom ersten grünen Pflanzenstängel
bis hin zum hohen Reich der Engel.

Doch bleibt – Enttäuschung seines Lebens –
die Ahnensuche dort vergebens,
denn wenigstens das Engelheer
entstand nicht evolutionär.

Der Darwinismus, scheint's, hat Mängel,
und zwar im Hinblick auf die Engel –
wenn irdisch nicht, dann anderswo
schafft Gott noch ganz *ex nihilo*.

## DER ADEL IM HIMMEL

Bei manchem Mann und mancher Frau
scheint uns das Blut nicht rot, nein blau!
Die sind als Junge oder Madel
hochwohlgeboren aus dem Adel.

Vorherbestimmt schon in der Wiege
sind sie für spätre Höhenflüge.
Als erste Tochter, erster Sohn
kommt die, kommt der vielleicht zum Thron.

Doch auch des Königs Blut ist rot,
und wenn er stirbt, dann ist er tot.
Dann geht er mit den andern gleich
zu Gott in dessen Königreich.

Da hat es dann mit »von« und »zu«
am letzten Ende seine Ruh.
Dort hat das adlige Geschlecht
wie *jeder* Bürger Bürgerrecht.

Doch Bürgerrecht im Himmel haben
ist grad die größte aller Gaben.
Als Gottes Kind bist du, bin ich,
sind alle Menschen adelig.

# Die Arbeit im Himmel

»Will ein Leben überhaupt christlich genannt werden, dann muss es – hier wie in der künftigen Existenz – ein Leben des Dienstes sein.«

*W. A. BROWN, nach*
*Der Himmel, von B. LANG und*
*D. MCDANNELL, deutsch: Frankfurt 1990*

Die Arbeit drückt uns stets aufs Neue
seit Adams Sünde als ein Fluch
(und ist – zumal für Arbeitsscheue –
ganz unbedingt ein rotes Tuch).

Doch dieser Vers stimmt nur zum Teil;
er hat die Hälfte nicht bedacht,
und zwar ganz schlicht deshalb und weil
die Arbeit ja auch Freude macht.

Der Mensch will, anders als die Qualle,
im Leben wirken, etwas leisten.
Vielleicht gilt das so nicht für alle,
doch ganz bestimmt gilt's für die meisten.

Der Mensch ist einfach so gebaut,
er will sich selbst bestätigen.
Das geht nicht auf der faulen Haut,
das geht nur durchs Betätigen.

Im Himmel werden wir Gott ehren,
indem wir ihn mit Hymnen preisen –
doch können wir es dort entbehren,
uns durch die Arbeit zu beweisen?

Ach, ich persönlich würde tippen,
wir werden einst in Abrams Schoß
vermutlich nicht grad Kohlen schippen –
doch sind wir dort nicht arbeitslos.

## DER NEIDHAMMEL IM HIMMEL

Der Neidhammel ist sehr betrübt,
weil Gott auch andern etwas gibt.
Am liebsten will er alle Gaben
für sich nur ganz alleine haben.

Was macht im Himmel so ein Hammel?
Vielleicht hat er vorm Himmel Bammel?
Denn *jeden*, dem er dort begegnet,
hat Gott an Leib und Seel gesegnet.

Das geht ihm schwer gegen den Strich,
denn er will alles nur für sich,
und eines scheint er nicht zu können:
dem Menschenbruder etwas gönnen.

So kann er nicht im Himmel sein,
weil die dort sich *mit* andern freun.
Ich meine drum von diesen Hammeln,
dass sie sich niemals dort versammeln.

Vielleicht jedoch in Ewigkeit
gibt mancher seinen üblen Neid
bei Petrus ab an der Gard'robe –
das wäre was, was ich mir lobe.

Hat er den Neid dort abgegeben,
kann er dann Folgendes erleben:
dass er ihn gar nicht mehr vermisst,
weil's ohne ihn viel schöner ist.

Zum Schluss bekenne ich hier das:
Ich bin vor Neid auf die ganz blass,
die keinen Neid mehr in sich spüren –
dahin mag Gott auch mich noch führen!

## DER TITELTRÄGER IM HIMMEL

Ein hübscher Titel vor dem Namen
ist wie ein goldner Bilderrahmen.
Er gibt uns erst den rechten Glanz
und macht aus Fränzchen »Dr. Franz«.

Als solcher wird er hoch geschätzt
und oben an den Tisch gesetzt.
Vor ihm zieht jeder seinen Hut.
Das tut dem Fränzchen doppelt gut.

Beim Übergang ins ewge Leben
pflegt man die Titel abzugeben,
und dabei stellt es sich heraus:
Kommt einer ohne Titel aus?

Braucht er ihn für den Selbstwert gar
und kommt er ohne ihn nicht klar?
Dann wird es ihm im Himmel fehlen,
dass Titel dort noch etwas zählen.

Der *HERR* wird uns nicht danach fragen,
ob wir wohl einen Titel tragen.
Bekanntlich hatte Gottes Sohn
mitnichten eine Promotion.

# Das himmlische Eintrittsgeld

»Es geschah im Jahre 1517, dass ein Prediger-Mönch mit Namen Johannes Tetzel, ein großer Schreier ... mit dem Ablass durchs Land zog und Gnade um Geld verkaufte, so teuer oder wohlfeil, wie er es mit allen Kräften vermochte ... Mir wurde zugetragen, was für gräulich-schreckliche Artikel der Tetzel gepredigt hätte. Einige will ich nennen, nämlich: ... Er wolle im Himmel nicht mit dem heiligen Petrus tauschen, denn er hätte mit seinem Ablass mehr Seelen erlöst als der heilige Petrus mit seinem Predigen. Ferner, wenn einer für eine Seele Geld in den Kasten lege, dann führe die Seele hinauf in den Himmel, sobald der Pfennig auf den Boden fiel und klinge.«

*MARTIN LUTHER*

### 1. Tetzels Kasten

Bekanntlich ist ein Batzen Geld
ein schöner Schatz in dieser Welt.
Und mancher meinte wohl sogar:
Man kriegt fast alles gegen bar.

So hat einst Tetzel angepriesen:
Du kriegst den Himmel für Devisen.
Rasch kommst du aus dem Fegefeuer
für ein paar Münzen, nicht zu teuer.

Bedenk dies Sonderangebot:
für Geld das Leben nach dem Tod!
Da kriegst du was für deine Taler
(mehr als der Kirchensteuerzahler!).

Ich möchte selbst wohl dazu neigen,
fürs Himmelreich was abzuzweigen,
wenn ich es vorher exakt wüsste,
was ich dafür bezahlen müsste.

Ach, wüsste ich doch nur die Summe,
sei's eine grade, eine krumme:
Ich wär zur Zahlung gern bereit
des Eintrittsgelds zur Ewigkeit!

»*Jesus blickte aber auf und sah, wie die Reichen ihre Opfer in den Gotteskasten einlegten. Er sah aber auch eine arme Witwe, die legte dort zwei Scherflein ein. Und er sprach: Wahrlich, ich sage euch: Diese arme Witwe hat mehr als sie alle eingelegt. Denn diese alle haben etwas von ihrem Überfluss zu den Opfern eingelegt; sie aber hat von ihrer Armut alles eingelegt, was sie zum Leben hatte.*«
*Lukas 21,1–4*

## 2. Gottes Kasten

Bei Lukas steht was aufgeschrieben
von einem Preis, nicht hochgetrieben.
»Zwei Scherflein« werden da genannt,
die hat fast jeder leicht zur Hand.

Zwei Scherflein gab die Witwe aus
bei dem Besuch in Gottes Haus,
und Jesus lobte sie dafür!
*Ist das die himmlische Gebühr?*

Dann wäre wirklich einzuschärfen,
die beiden Scherflein einzuwerfen.
Der Himmel für die kleine Summe!?
Wer da nicht zugreift, ist der Dumme!

Doch wissen wir ja lange schon
(aus Bibel und Reformation!):
Mit Geld lässt sich in solchen Sachen
beim besten Willen gar nichts machen.

Das schildert der Bericht genau
am Beispiel jener armen Frau:
Die hat ja gar nicht kalkuliert,
wie viel sie heute mal spendiert.

Sie hat nicht lange überlegt,
wie viel sie in den Kasten legt.
Im Grunde ist das nicht zu fassen:
Sie hat die Rechnerei gelassen!

Was sie grad hat, das gibt sie her.
Das ist nicht leicht, das ist nicht schwer,
das ist vielmehr, ganz jenseits dessen,
nur schlicht und einfach selbstvergessen.

# Die Schwerkraft im Himmel und auf Erden

»*Ich hab immer an den Himmel geglaubt, schon als Kind. Je älter ich werde, desto mehr glaube ich daran, weil der Himmel was sehr Schönes ist … Und alles ist leicht und schwebt. Ich freu mich schon drauf. Man ist völlig schwerelos, man schwebt über alles hin. Keine Philosophie kann einen mehr betrügen oder übers Ohr hauen.*«
*THOMAS BERNHARD*
*(in einem Gespräch mit Krista Fleischmann)*

## 1. Die Fragestellung

Die Schwerkraft wirkt in dieser Welt,
wenn man auf seine Nase fällt.
Im Weltraum jedoch, »da ganz oben«,
ist sie bekanntlich aufgehoben.

Wie steht es nun mit Gottes Sphäre?
Gibt es bei ihm die Kraft der Schwere,
und herrscht um Gottes hohen Thron
auch noch die Gravitation?

Worin ich mir recht sicher bin:
Im Himmel fällt man nicht mehr hin.
Doch sagt die Negation des Falles
zu dieser Frage auch schon alles?

## 2. Lob der Schwerkraft

*Hier* brauchen wir die Kraft der Schwere
zum Beispiel für die Atmosphäre,
denn ohne Schwerkraft wär sie leicht –
woraus dann folgt, dass sie entweicht.

Und auch der Mensch, ich sag es schlicht,
braucht auf der Erde ein Gewicht,
das ihn, auch wenn er einmal fällt,
doch immerhin hier unten hält.

Lasst uns – ihr Dicken und ihr Schlanken! –
der Schwerkraft einmal dafür danken:
Beschwerte sie uns nicht mit Pfunden,
dann wären wir nicht erdverbunden.

## 3. Kritik der Schwerkraft

Doch andrerseits, ich bin da ehrlich,
ist grad die Schwerkraft sehr beschwerlich,
zum Beispiel, wenn man nicht mehr kann,
so Schritt für Schritt den Berg hinan.

Muss man im Alter viele Treppen
womöglich auch noch Taschen schleppen,
wünscht man sich manches Mal doch sehr,
die Schwerkraft wäre nicht so schwer.

Ist sie im Grunde auch ein Segen,
kommt sie doch manchmal ungelegen.
Wir danken ihr, dass sie be-fest-igt,
doch spüren auch, dass sie be-läst-igt.

## 4. Läuterung der Schwerkraft

Wenn ich das hier zusammenfasse:
Die Schwerkraft ist schon große Klasse!
Es gibt mehr Gründe, sie zu ehren,
als sich darüber zu beschweren.

Um's auf den Himmel anzuwenden:
Sie wird dort nicht so einfach enden.
Wir brauchen nämlich irgendwie
im Himmel auch so was wie sie.

Ich meine, Gott wird sie erhalten
und nur ein wenig umgestalten.
Doch wie? Ich denke hin und her –
die Frage ist für mich zu schwer.

## Moritat vom Leben des Herrn Ratio

Schon gleich am Anfang – Ratio
war eben erst ein Embryo,
da wollte er am liebsten nicht
auf diese Welt ans Tageslicht.

Er sprach bei sich im Mutterleibe:
»Am besten ist's, wenn ich hier bleibe.
Für Sinn und Zweck der Lebensreise
hab ich ja keinerlei Beweise.«

Doch wurde er dann trotz Protest
bei der Geburt herausgepresst
und plärrte an der Nabelschnur:
»Was soll denn diese Ochsentour?«

Er ließ sich nur mit Widerwillen
und viel Protestgeschreie stillen –
und dann, vorm ersten Teller Brei,
ertönte seine Litanei:

»Was, diesen Brei soll ich verputzen?
Wo ist der Sinn, wo liegt der Nutzen?
Und überhaupt: Schmeckt denn die Speise?
Ich will dafür vorher Beweise.«

Auch auf der Schule ging es so.
Dort sprach der kleine Ratio:
»Ich will es wissen, was ich mache.
Beweist mir erst den Sinn der Sache.«

Ein Mädchen wollte ihn verführen,
die Liebe mit ihm zu probieren,
und hätt ihm gern in seinem Leben
den allerersten Kuss gegeben.

Sie sprach: »Mein Schatz, ach glaub mir dies,
mein Kuss ist heiß und zuckersüß.«
Doch Ratio sprach kalt wie Eis:
»Wie krieg ich vorher den Beweis?«

So hielt sich Ratio für schlau
und blieb sein Lebtag ohne Frau,
erfuhr auch niemals den Genuss
von einem allerkleinsten Kuss.

Er wurde älter und bejahrt.
Die Skepsis hat er sich bewahrt
und fragte mürrisch noch als Greis
bei allem erst nach dem Beweis.

Als dann die letzte Stunde kam
und Gott der Herr ihn zu sich nahm,
ist Ratio doch sehr verblüfft,
als er auf Gott, den Vater, trifft.

Er hat gemeint, Gott gäb es nicht,
und sieht ihm nun ins Angesicht.
Gott lebt – das ist doch nicht zu fassen –
und hat sich nie beweisen lassen.

So spricht Herr Ratio deswegen
nun äußerst ratlos und verlegen:
»Ich hätte dich bestimmt gepriesen,
doch niemand hat dich mir bewiesen.«

## DER HUMORIST IM HIMMEL
oder
VON EINER HÖHEREN FREUDE

*»Der Humor ist eine goldene Schadenfreude an den der Welt integralen Schäden.«*
*ALBERT PARIS GÜTERSLOH*

### 1. Meine Frage

Ich frage mich als Humorist,
was meine eigne Zukunft ist:
Kann ich im Himmel weiter schreiben?
Werd ich mein Handwerk dort betreiben

und meine Feder dort noch spitzen
zu Ironie und Scherz und Witzen?
Zu klären wäre hier zuvor:
Was ist dem Wesen nach Humor?

### 2. Der Humor und der Himmel

»Humor ist, wenn man trotzdem lacht.«
Ob man das auch im Himmel macht?
Das Lachen wohl, doch das Problem
liegt hier woanders: beim »Trotzdem«.

Denn »trotzdem« schließt dem Sinn nach ein:
Es gibt auf Erden Schmerz und Pein,
und Pech und Ärger kommen vor –
dem trotzen wir mit dem Humor.

Dies »Trotzdem« gibt's im Himmel nicht,
weil es uns dort an nichts gebricht.
Darum braucht man – darf man wohl sagen –
auch gar nichts mit Humor zu tragen.

Humor braucht es dort nicht zu geben,
wo wir befreit vom »Trotzdem« leben.
(Jedoch: Was weiß ich armer Tor
von einem himmlischen Humor?)

## 3. Im Freudensaal nicht nötig

Ich fürchte fast, was mich betrifft,
ich muss dort meinen Tintenstift
für immer an die Seite legen,
statt meine Schreiberei zu pflegen.

Der Humorist lebt von den Grenzen.
Er kann mit seinem Geiste glänzen,
wo Menschen, sonderlich die Großen,
sich peinlich an den Grenzen stoßen.

Doch ob man sich, dereinst erlöst,
im Himmel noch an Grenzen stößt,
zum Beispiel an Erkenntnismauern?
Dem Humoristen zum Bedauern

sind die im Himmel überwunden.
So habe ich mich abgefunden,
dass man einstmals als Humorist
im Freudensaal nicht nötig ist.

## 4. Höher als Humor

Auf Erden in der Endlichkeit
ist für Humor die rechte Zeit.
Doch soll man damit nicht bezwecken,
den Ernst des Lebens zu verdecken.

Auch Witz mag dienen anzuregen,
den Erden- und den Himmelswegen
und allem menschlichen Beginnen
in vollem Ernste nachzusinnen.

Geht einst, und das ist dann kein Scherz,
mein Weg zum Vater himmelwärts,
dann mag er mich in Gnaden richten –
und zwar mein Trachten und mein Dichten.

Herr, nimm die Verse gnädig hin!
Wenn ich bei deinen Engeln bin,
ist Freude da – stell ich mir vor,
die höher ist als selbst Humor.

# **UNTER GOTTES REGIMENT**

»Nicht wo der Himmel ist, ist Gott,
sondern wo Gott ist, ist der Himmel.«

*GERHARD EBELING*

»Der Himmel bietet gar nichts, wonach eine selbstsüchtige
Seele verlangen könnte.«
*C. S. LEWIS*

Der Himmel ist, das scheint uns klar,
wenn es ihn gibt, auch wunderbar.
Ganz sonnenklar ist diese Lehre,
weil es sonst nicht der Himmel wäre.

Auch wer sich öfter lustig macht,
hat sicher heimlich schon gedacht:
Es wäre schön, es gäbe ihn,
und wenn's ihn gibt – ich möchte hin.

Doch warnt schon bayrischer Humor:
Seht euch bloß vor dem Himmel vor,
denn er verspricht, was er nicht hält –
hat einst ein Münchner festgestellt.

Was da durch den Kakao gezogen,
sei hier im Ernste nun erwogen.
Mit gutem Grund gilt es zu fragen:
*Ob wir den Himmel wohl ertragen?*

Denn dort führt Gott das Regiment.
Wie man Gott aus der Bibel kennt,
kann man daraus als Folge schließen,
dass wir im Himmel lieben müssen.

Das hört sich zunächst freundlich an,
doch frag ich: *Ob ich lieben kann?*
Auf jeden Fall: In vielen Fällen
gilt es sich dann wohl umzustellen:

1. Wer sich nur gut und prächtig fühlt,
wenn er die erste Geige spielt,
dem wird im Himmel etwas fehlen,
weil dort auch andre etwas zählen.

2. Führt einer stets das große Wort
auf Erden hier – im Himmel dort
muss er sich bald daran gewöhnen,
nicht immer vorlaut loszutönen.

3. Wer es fürs Wohlbefinden braucht,
dass einzig *sein* Werk etwas taugt,
dem wird der Himmel nicht gefallen –
Gott sieht die Stärken stets bei allen.

4. Wer sich vergnügt ins Fäustchen lacht,
wenn A sich mit Herrn B verkracht,
der ist, denk ich, im Himmel droben
nicht sonderlich gut aufgehoben.

5. Und wem es dann am besten geht,
wenn einem andern was missrät,
der wird von dieser Art Vergnügen
im Himmel leider wenig kriegen.

Die Frage ist, wenn man's ermisst,
wie himmlisch wohl der Himmel ist?
Ich fürchte doch, er ist für den,
der nur an sich denkt, gar nicht schön!

So müssen wir uns fragen lassen:
Ob wir wohl in den Himmel passen
und ob es uns in Gottes Welt,
wie wir gebaut sind, auch gefällt?

Ich rate dir, Mensch, sei nicht dumm:
Stell dich beizeiten hier schon um.
Gewöhne dich *hier* an die Liebe –
sonst findest du den Himmel trübe.

## ENDLICHKEIT UND VOLLKOMMENHEIT

»*Sieht es nicht so aus, als ob sogar die Vollkommenheit nicht vollkommen ist?*«
*HARRY MULISCH,*
*Die Entdeckung des Himmels, S. 208*

»*Hunger ist der beste Koch.*«
*Sprichwort*

Der Mensch lebt stets in Gegensätzen
und lernt nur so das Gute schätzen.
Er wüsste ohne Missgeschick
auch niemals was von einem Glück.

Nur der, der richtig Hunger hat,
wird überhaupt so richtig satt,
und ohne Dunkel gäb es nicht
die Freude übers Tageslicht.

Damit taucht nun die Frage auf:
Wie steht es nach dem Lebenslauf?
Wird es bei Gott in jenem Leben
wohl auch noch Gegensätze geben?

Wenn ja, dann hätten Ewigkeiten
nicht helle nur, auch dunkle Seiten.
Das wäre schwierig zu verstehen;
man fragt sich: Wie soll das wohl gehen?

Im Himmel – gibt's da Schmerz und Not
und Armut, Angst … und gar den Tod?
Wer das meint: Bitte, der erkläre,
wieso das dann der Himmel wäre!

Doch frage ich auch umgekehrt:
Wenn man im Himmel nichts entbehrt
und es dort keinen Mangel hat –
wär das wohl keine öde Statt?

Ach, sei das Essen auch perfekt –
der *Hunger* macht erst, dass es schmeckt.
Wer sich erwärmt, muss zuvor frieren,
und der, der finden soll, verlieren!

So braucht für uns ein jedes Glück
das Ungemach als Gegenstück;
und heißt das nicht, genau genommen,
*Vollkommenheit wär nicht vollkommen?*

**PS:**

Will man sich an der Speise laben,
so muss man zuvor Hunger haben,
denn Hunger ist der beste Koch –
das gilt wohl auch im Himmel noch.

Doch »Hunger haben« – »Hunger leiden«
gilt es hierbei zu unterscheiden.
Nicht jedes Knurrgeräusch im Magen
heißt schon: am Hungertuche nagen.

Es kann und muss im ewgen Leben
bestimmt noch Gegensätze geben.
Doch eines wird dort sicher fehlen:
die Gegensätze, die uns *quälen*.

Ich denke, dort gibt's Berg und Tal
und Unterschiede allzumal
und Schattenwürfe durch das Licht –
doch einen Abgrund gibt es nicht.

## Das himmlische Alter

»Lobe den HERRN, meine Seele, und was in mir ist, seinen heiligen Namen! … der deinen Mund fröhlich macht und du wieder jung wirst wie ein Adler.«

Psalm 103,1+5

»Man hat sich wohl vorzustellen, dass der Adam vor dem Fall weder kindhaft noch greisenhaft war, weder unreif noch überreif, sondern ein Mann im Stadium der Reife, des seelisch-leiblichen Gleichgewichtes … Das Kind hat das Sein ohne Sinn, der Greis den Sinn ohne Sein.«

ERWIN REISNER

»In Indien, China, Japan wird der Mensch überhaupt erst mit sechzig als fertiges Wesen betrachtet.«

C. CAISER, in:
Jedes Alter ist das beste, München 1994

»Die Jugend wäre eine noch viel schönere Zeit, wenn sie erst später im Leben käme.«

CHARLIE CHAPLIN

### 1. Die Frage

Von unsrer Zeit im Kinderwagen
bis hin zu unsern alten Tagen
durchwandern wir die Erdenzeit.
Doch wer bin ich in Ewigkeit?

Erst bin ich jung, doch nach und nach
werd ich dann alt und altersschwach.
Geh ich dereinst zum Himmel ein,
was wird wohl dort mein Alter sein?

Bin ich dort ewig achtzig Jahre?
Ach nein, das wäre nicht das Wahre.
Was würdet ihr, ihr dürftet wählen,
im Himmel gern an Jahren zählen?

## 2. Wieder wie die Kinder?

Es sei der Mensch im Himmelreich,
sagt Jesus uns, den Kindern gleich.
Die Welt noch einmal so zu sehn
wie einst als Kind, das wäre schön.

Viel grüner schien uns da das Gras,
das Wasser war so köstlich nass.
Die Sonne schien uns damals heller,
und dunkler war's dafür im Keller.

Dem Kind scheint ein besondres Licht,
doch selber weiß es davon nicht.
Nein, erst im späten Lebenslauf
geht uns der Glanz der Kindheit auf.

### 3. Von zwanzig bis vierzig

Es pflegten einst schon die Hellenen
nach ewger Jugend sich zu sehnen.
Die Jugend ist die Zeit der Blüte –
doch Jugend-Herrschaft? Gott behüte!

Mit dreißig ist es dann so weit:
Da ist man stark und blitzgescheit.
An Demut aber, ach, das weiß ich
von mir persönlich, fehlt's mit dreißig.

So wäre vierzig ideal
als unsre Himmelsalterzahl.
Da sind wir nicht mehr jung und dumm,
doch auch noch lang nicht alt und krumm.

### 4. Was ist die gute Mitte?

Doch wie man mühelos entdeckt,
ist auch die Vierzig nicht perfekt.
Denn körperlich geht es bergab:
Aus dem Galopp wird jetzt der Trab.

So mancher hält auch da nicht mit –
er lässt den Trab und geht nur Schritt.
Auf geistigem Gebiet hingegen
weiß man noch kräftig zuzulegen.

Im Geist noch gar nicht ausgegoren,
sind wir im Sport schon fast Senioren.
Was ist, ach sagt es mir doch bitte,
dem Alter nach die gute Mitte?

## 5. Ab fünfzig

Der Fortgang ist weithin bekannt:
Man wächst an Weisheit und Verstand,
doch andrerseits lässt allgemach
der Körper Stück um Stückchen nach.

Indes die eine Schale steigt,
sieht man, wie sich die andre neigt.
Man kann im Alter noch gewinnen
am Geist und an der Seele, innen.

Dem Körper aber, sind wir ehrlich,
wird manches zusehends beschwerlich.
Dies fängt man an, ab fünfzig Jahren
so ganz allmählich zu erfahren.

## 6. Die (k)östliche Sechzig

Es gilt der Mensch bei den Chinesen
mit sechzig erst als reifes Wesen,
denn dann erst sei er ganz und voll,
was er hier werden kann und soll.

Darum hat man im Reich der Mitte
nach guter Tradition und Sitte
die Älteren sehr hoch zu ehren,
mit Ehrfurcht ihren Rat zu hören.

Doch auch in China, fern und östlich,
ist Älterwerden nicht nur köstlich.
Denn auch im Reich der alten Zöpfe
gibt es gebrechliche Geschöpfe.

## 7. Lebensabend

Am Lebensabend erst erfährt
der Mensch des Lebens wahren Wert –
wir schätzen dann den Wert der Gaben,
weil wir sie nicht mehr lange haben.

Im Alter lernen wir verweilen,
statt stets nur rasch vorbeizueilen,
sodass wohl mancher jetzt erst sieht,
wie still und schön die Blume blüht.

Ist man im Alter jung geblieben,
kann man das Alter sogar lieben.
Doch irgendwann, so ist es halt,
wird man im Alter wohl doch alt.


## 8. Immer was auszusetzen

Ich fürchte fast, dass ich verzage
im Hinblick auf die Ausgangsfrage:
Wie alt wird man im Himmel sein?
Mir fällt da keine Lösung ein.

Kein Alter ist nur hoch zu schätzen,
an jedem ist was auszusetzen:
Ist man im Geiste endlich reif,
dann sind die Glieder bereits steif.

Das heißt letzthin in einem Wort:
Auf Erden hier ist nicht der Ort
und gibt es keine Lebenszeit
für so was wie »Vollkommenheit«.

## 9. Neue Mischung

Will man das Himmelsalter haben,
dann wären wohl die besten Gaben
aus jedem Alter rauszufischen.
Die muss man dann zusammenmischen:

Man nehme von dem kleinen Kind
den Frohsinn und den frischen Wind,
vom jungen Menschen seine Glut,
die Leidenschaft in seinem Blut,

von dem Erwachsenen sodann,
was er mit Kopf und Händen kann,
vom Alten Einsicht in die Grenzen –
so kann das Beste sich ergänzen.

Verzeiht, das kommt dabei heraus,
malt man sich einen Himmel aus.

## Vom himmlischen Reisen

Der Mensch ist gern mal anderswo,
zu Haus ist er ja sowieso –
so setzt er sich, gesagt, getan,
in Auto, Flugzeug oder Bahn.

Er sieht sich dies und jenes an:
den Eiffelturm, den Muselmann,
die Geishas und die Balearen,
das teure Porzellan der Zaren.

So fährt er für sein gutes Geld
mal kreuz, mal quer durch diese Welt –
doch nicht mal vor den Pyramiden
ist er mit seiner Welt zufrieden.

Sogar beim Pharao am Nil
denkt er schon an das nächste Ziel:
Ich will zur Mauer der Chinesen –
da bin ich ja noch nicht gewesen.

So geht's im irdischen Verkehr
durch viele Länder kreuz und quer.
Was bleibt, frag ich, im Himmel über
vom diesseitigen Reisefieber?

Die Frage ist nicht abzuweisen:
Ob wir im Himmel wohl noch reisen?
Ich sag es einmal ganz subtil:
Hat man im Himmel noch ein Ziel?

Die Antwort ist nicht leicht zu geben.
Wie kann man ohne Reisen leben?
Der Himmel kann uns schwerlich locken,
wenn wir bloß hinterm Ofen hocken.

So sage ich vermutungsweise:
Man macht dort noch so manche Reise
(und manche werden sich's dort leisten,
die hier aus Geldnot niemals reisten).

Doch: Geht es dort von Ort zu Ort,
von Nord nach Süd, von Süd nach Nord
und ruhelos durch Zeit und Raum?
Ich meine doch: wahrscheinlich kaum.

Denn was ich auch im Himmel tue:
Ich tue es in selger Ruhe.
Gesetzt den Fall, ich geh dort aus,
bin ich zugleich dabei zu Haus.

Wenn ich einmal im Himmel bin,
dann will ich nicht »woanders« hin.
So könnte ich das Reisen lieben,
jedoch nicht rastlos umgetrieben.

Das etwa hieße »himmlisch reisen«.
Doch wie's dort ist – wer kann's beweisen?

## DER SPIEGEL IM HIMMEL

Kein Fisch, kein Säugetier, Gefieder
erkennt sich je im Spiegel wieder.
Sie sehen sich in das Gesicht
und sagen dann: Den kenn ich nicht.

Beim Schauen in das Spiegelglas
weiß nur der Mensch: *Ach, ich bin das!*
Nicht jeder findet sich drin schön,
doch jeder Mensch kann sich dort sehn.

Hängt wohl in jenem Vaterland
auch noch der Spiegel an der Wand?
Prüft man im Himmel sein Gesicht:
Bin ich nun schön, bin ich es nicht?

Indes: Wie mancher auf der Welt
sich vor dem Spiegel sehr gefällt,
ist mancher leider auch geknickt,
wenn er im Spiegel sich erblickt.

Im Himmel mögen wir uns alle leiden,
doch bleiben wir dabei bescheiden.
Nein, keiner muss sich dort verstecken
und keiner wird den Hals stolz recken.

Wie dem im Himmel es auch sei
mit Spiegelblick und -fechterei:
Selbst wenn es dort den Spiegel gibt –
man schaut in ihn nicht selbstverliebt.

# Die Chorprobe im Himmel

## 1. Ohne Fleiß kein Preis

Die Götter setzten, wie man weiß,
vor den Erfolg noch reichlich Schweiß.
Das ist auf Erden unser Los:
Uns fällt nichts einfach in den Schoß.

So weiß zumal der Musikus,
dass man stets fleißig üben muss,
manchmal in Moll, auch mal in Dur
und unvermeidlich oft in »Stur«.

Es reicht nicht, die Musik zu lieben;
man muss auch üben, üben, üben …
und dafür sind die Proben da.
Da macht man do-re-mi-fa-la,

damit man's kann, auf alle Fälle,
oft hundertmal dieselbe Stelle,
und mancher denkt: Ach wär's nur aus,
es hängt mir schon zum Hals heraus.

So ist nun mal das Menschenleben:
Wir müssen uns stets Mühe geben.
Bevor ein Mensch was Rechtes kann,
heißt es zuvor: »Nun streng dich an!«

## 2. Die Leichtigkeit des Seins

Doch würde ich wohl gerne wissen,
ob wir noch *ewig* üben müssen,
ob wir im Himmelreich, da drüben,
noch weiter üben, üben, üben …?

Steht dort der Dirigent vorm Chor
und knöpft sich seine Sänger vor:
»Verehrte Herrn, Sie singen schräge,
das klingt wie eine Kettensäge!«?

Nein, jedem leuchtet sofort ein:
So wird es nicht im Himmel sein.
Dort gibt es nicht das harte »Muss«,
kein Üben bis zum Überdruss.

Was schließen wir also daraus?
Im Himmel fällt die Probe aus!
Im Himmel, dem vollkommnen Reich,
da klappt ja alles, und zwar gleich.

Da singen wir gleich richtig los,
da fällt's uns endlich in den Schoß.
Da werden wir dann ohne Proben
Gott unsern Vater ewig loben.

**PS:** Doch weiß ich von den Himmelsproben
ja nichts genau, nein, nur im Groben.
Kann man das Üben, Üben, Üben
vielleicht gar gern tun und es lieben?

Dann gäbe es im Himmel oben
womöglich doch noch Proben, Proben …

## DER CHEF IM HIMMEL
### oder
#### VON HIERARCHIE UND BRÜDERLICHKEIT

So mancher hat es weit gebracht
und spielt als Chef mit seiner Macht.
Es ist ihm Lust und ein Vergnügen,
dass andre Menschen sich ihm fügen.

Doch auch der Chef, dem das nicht liegt,
bei dem Bescheidenheit obsiegt,
weiß sich von dem Gefühl getragen:
»Ich habe hier etwas zu sagen.«

Nun hört, ihr Herrn der Chefetage,
ich gönne euch durchaus die Gage
und bin darin auch guten Mutes:
Ihr tut ganz sicher sehr viel Gutes!

Doch mag ich euch hier nicht ersparen,
ein Wort der Bibel zu erfahren:
Kennt ihr, ihr lieben Vorgesetzten,
den Spruch vom Ersten und vom Letzten?

Gemäß dem Evangelium
geht es einst nämlich andersrum:
War jemand hier ganz obenan,
kommt er im Himmel hintendran.

So will ich euch, ihr Chefs, ermahnen:
Verzichtet auf die Chef-Schikanen
und lasst auch hier auf Erden schon
den schrecklichen Kommando-Ton.

Als Dienst übt eure Herrschaft aus
und wollt nicht gar zu hoch hinaus!
Ihr wisst doch wohl: Im ewgen Leben
ist euch einst niemand untergeben.

Im Himmel, nach dem Lebenslauf,
schaut man zu euch als Chef nicht auf –
da ist der hier noch Untergebene
mit euch genau auf einer Ebene.

Und wart ihr beide hier schon Brüder,
dann seht ihr euch mit Freuden wieder –
und ihr seid dann zu guter Letzt
auch noch im Himmel hoch geschätzt.

## WAS WIR NUR AUF ERDEN KÖNNEN

Der Himmel ist, das scheint uns klar,
wenn es ihn gibt, auch wunderbar.
Wie sonnenklar ist diese Lehre,
weil's sonst ja nicht der Himmel wäre.

Wir werden leichten Fußes tanzen
und wunderschöne Gärten pflanzen.
Das Lachen wird viel reiner klingen,
und wer hier brummte, kann dort singen.

Von hier aus will ich schon vermuten:
Es wendet sich dort viel zum Guten.
Jedoch gibt es auch manche Sachen,
die kann man nur auf Erden machen:

Das Schwere mit Geduld ertragen,
in Pech und Unglück nicht verzagen.
Auf bösen Hass nicht wieder hassen
und sich etwas gefallen lassen.

Auf eignes Recht einmal verzichten,
barmherzig sein, anstatt zu richten.
Im Misserfolg noch fröhlich sein,
Missachtung gern und leicht verzeihn.

Dem armen Nächsten etwas geben,
dem Schwachen helfen, Last zu heben.
Besuche machen bei den Alten,
den Sterbenden die Hände halten.

Wir sehen, dass es manches gibt,
was man doch besser nicht verschiebt,
und zwar aus diesem Grund: weil wir
es nur auf Erden können, hier!